Le dieu du carnage

杀戮之神

雅丝米娜·雷札 著

宫宝荣 译

雅丝米娜·雷札 作品集

Yasmina Reza

上海译文出版社

剧中人物

维洛妮克·乌利耶

米歇尔·乌利耶

安妮特·雷伊

阿兰·雷伊

（人物年龄都在四十至五十岁之间。）

一间客厅。

非写实主义。

没有任何赘余的东西。

［乌利耶夫妇和雷伊夫妇面对面坐着。

要让观众一下子感受到是在乌利耶夫妇家中，且两对
夫妇刚刚认识。

舞台中央放着一张矮几，上面堆满了艺术书籍。
花瓶里插着两大束郁金香。

客厅里弥漫着一种庄重、友好、宽容的气氛。

维洛妮克　那么，我方的声明是……你方也另拟一份声明
　　　　吧……"十一月三日十七点三十分，斐迪南·雷伊
　　　　和布鲁诺·乌利耶两人在杜南准尉街心花园发生

了口角。之后,十一岁的斐迪南以棍棒为凶器,击打我们家儿子布鲁诺的脸。此举造成的后果为,布鲁诺除了上唇红肿之外,还被打碎了两颗门牙,并且伤及右侧的门牙神经。"

阿 兰 凶器?

维洛妮克 凶器?您不喜欢"凶器"这个词吗?米歇尔,那用什么词呢,"器械"还是"装备",把"以棍棒为凶器"改成"以棍棒为器械",可以吗?

阿 兰 "器械"可以。

米歇尔 "以棍棒为器械"。

维洛妮克 (修改)"器械"。讽刺的是,我们一直以为杜南准尉街心花园和蒙苏里公园不一样,是个安全的港湾。

米歇尔 对呀,这话倒是不假。我们老是说蒙苏里公园不安全,杜南准尉街心花园还可以。

维洛妮克 就这样吧。无论如何,都要感谢你们的光临。要是死抱着激情逻辑不放的话,大家都是输家。

2

安妮特　我们该感谢你们才是呢。应该是我们道声谢谢。

维洛妮克　我觉得，大家就不必谢来谢去啦。好在这个世界上还存在一种同舟共济的生活艺术，是吧？

阿　兰　这一点，好像孩子们并不认同。当然，我指的是我们家孩子！

安妮特　是呀，咱们家孩子！……那颗神经被碰到的门牙会造成什么后果呢？……

维洛妮克　现在还不知道呢。医生在诊断书上有所保留。好像神经并没有完全暴露在外。

米歇尔　只有一点给露出来了。

维洛妮克　对。有一部分露出来了，另外一部分依然是有保护的。因此，目前呢，还用不着把神经抽掉。

米歇尔　我们还是希望给那颗牙一次机会。

维洛妮克　不过，最好还是避免根管充填。

安妮特　对……

维洛妮克　所以要有一段随访期，好让牙神经有自我修复的机会。

米歇尔　在此之前,得配戴陶瓷牙套。

维洛妮克　无论如何,十八岁之前不能装假牙。

米歇尔　不能。

维洛妮克　只有身体完全发育之后,才能一劳永逸地把假牙装好。

安妮特　那当然。但愿……但愿一切顺利。

维洛妮克　但愿如此。

〔稍稍冷场。

安妮特　这些郁金香太漂亮啦!

维洛妮克　是从姆东杜威尔奈市场上那矮个儿花贩子的摊位上买来的。你们知道这个人吧,就是摊位在最高处的那一位。

安妮特　噢。

维洛妮克　这些花每天上午从荷兰直接运过来,十欧元一束,每束五十朵。

4

安妮特 是嘛!

维洛妮克 明白吗,就是在最高处那个矮个子。

安妮特 噢噢。

维洛妮克 要知道,他可不愿意告发斐迪南。

米歇尔 确确实实,他是不想告发的。

维洛妮克 眼看着这孩子被毁了容、打掉了牙齿,又不肯开口,真的让人如五雷轰顶。

安妮特 我想象得出来。

米歇尔 他不愿意告发,也是因为担心同学把他看作一个告密者。维洛妮克,必须实话实说,这并不完全是英勇无畏。

维洛妮克 话虽没错,可是英勇无畏也是一种集体精神啊。

安妮特 自然喽……可又怎样?……我的意思是说,你们是怎样搞到斐迪南的名字的?……

维洛妮克 因为我们跟布鲁诺说了,他要是包庇不讲的话,对这个孩子并没有什么好处。

米歇尔 我们跟他说啦,要是这个孩子以为他可以继续高枕无忧地拳打脚踢的话,那么你又怎么可能让他住手呢?

维洛妮克 我们对他讲,假如我们是这个孩子的父母,我们绝对是想弄清楚这桩事情的。

安妮特 那当然。

阿兰 是这样……(他的手机震动起来)对不起……(他离开众人,一边打电话一边从口袋里掏出一张报纸来)……对,莫里斯,谢谢你打电话来。嗨,今天早上的《回声报》是这么说的……我给你念念:"根据在英国《柳叶刀》杂志发表、昨天又被《金融时报》转载的一份研究报告,两位澳大利亚研究人员发现,威朗兹制药公司实验室的这款昂特里叶高血压药对神经系统有不少副作用,从听力下降到神经失调。"……你们谁负责媒体监管?……是的,这很讨厌……不,让我讨厌的是公司年会,两个星期之后你们要召开全体会议。你们为这场诉讼提供了资金吗?……OK……还有,莫里斯,莫里斯,

跟公关主管打听一下,会不会还有其他报刊转

载……待会儿见。(他摁掉电话)……对不起。

米歇尔　您是干哪一行的……

阿　兰　律师。

安妮特　你们呢?

米歇尔　我嘛,我是做家用产品批发的。维洛妮克呢,她是

作家,在一家艺术和历史书店打半工。

安妮特　作家?

维洛妮克　我参与写作过一部关于萨巴文明的集体著作,

这本书建立在埃塞俄比亚和厄立特里亚冲突之后

才恢复的文物挖掘工作的基础上。眼下呢,我一

月份会出版一部关于达尔富尔悲剧的著作。

安妮特　那您是非洲问题专家。

维洛妮克　我对世界上的这个地区感兴趣。

安妮特　你们还有其他孩子吗?

维洛妮克　布鲁诺有一个九岁的妹妹,名叫卡米耶。眼下

她正跟爸爸闹不愉快,原因是昨天晚上爸爸把她

的仓鼠给扔掉啦。

安妮特　您把她的仓鼠给扔掉啦?

米歇尔　对的。那只仓鼠晚上闹得不可开交。仓鼠可是白
天睡眠的动物。布鲁诺苦恼极了,被仓鼠吵得脾
气很坏。老实说吧,我呀,早就想把它给甩啦。我
跟自己说,不能再忍啦,于是就把它给逮住,扔到
了马路上。我原以为这些动物喜欢水渠啦、阴沟
啦什么的,实际上完全不是,只见它直挺挺地横在
人行道上。事实上,仓鼠既不是家养动物,也不是
野生动物,搞不懂哪里才是它们的天然环境。就
算你把仓鼠甩到树林子里,它们也照样不快活。
真不知道该把它们往哪里放。

安妮特　您把那只仓鼠扔在外面啦?

维洛妮克　他把仓鼠给扔了,还要让卡米耶相信它是自己
逃走的。只是她没有相信。

阿 兰　可今天上午呢,仓鼠不见踪影了吗?

米歇尔　无影无踪啦。

维洛妮克 您呢,您是干哪一行的?

安妮特 我是资产管理顾问。

维洛妮克 是不是可以考虑……恕我直言,是不是可以让斐迪南给布鲁诺道个歉?

阿 兰 让他们当面谈谈,好啊!

安妮特 阿兰,那就得让他赔礼道歉。他得跟他说对不起。

阿 兰 是的,是的,那当然。

维洛妮克 可是他真的感到内疚了吗?

阿 兰 他意识到了自己的所作所为,但他掂量不出轻重。他才十一岁呀!

维洛妮克 十一岁已经不再是小孩子啦。

米歇尔 但也还没有成人哪!我们啥也没有招待你们,喝咖啡,还是喝茶呀?维洛①,水果蛋糕家里还有吗?这水果蛋糕可没得说!

阿 兰 我想喝杯浓缩咖啡。

---

① 维洛妮克的昵称。

安妮特 我要一杯水。

米歇尔 （对正往外走的维洛妮克）亲爱的,也给我一杯浓缩咖啡吧,顺便把蛋糕拿来。（一阵冷场之后）我呀,我一直说,人就是一堆黏土,这堆黏土总得被捏成什么东西。也许只有到最后它才会成型。谁又知道呢?

安妮特 唔唔。

米歇尔 你们得尝尝这水果蛋糕。水果蛋糕要做好可不是那么容易的。

安妮特 这话不错。

阿　兰 您卖些什么?

米歇尔 五金制品。锁具、门把手、焊接铜、家用小器皿、锅碗瓢勺……

阿　兰 生意还行吗?

米歇尔 跟您说吧,我们这一行呢,还从来没有见到过丰衣足食的年代,打我入行的时候,日子就已经艰难啦。不过呢,只要每天早晨我出门的时候肩上还

10

挎着包,手里还夹着产品目录,那就还过得去。我们不像干纺织的,听凭季节摆布。哪怕是鹅肝酱罐头,也是十二月份卖得好!

阿　兰　说得是……

安妮特　您发现那只仓鼠僵在那里的时候,为什么不把它再带回家里呢?

米歇尔　因为我不敢把它拿在手里。

阿　兰　可您不是用手把它扔到人行道上去了吗?

米歇尔　我是拎着它的笼子出门,再把它从笼子里倒出去的。我可不敢用手碰这些鬼东西。

[维洛妮克手里端着一只托盘上。上面放着饮料和水果蛋糕。

维洛妮克　不知道是谁把蛋糕放进冰箱里去了。莫妮卡把什么东西都往冰箱里塞,真拿她一点办法也没有。斐迪南怎么跟你们说的? 要放糖吗?

阿 兰 不要,不要。您在蛋糕里放了些什么呀?

维洛妮克 苹果和梨。

安妮特 苹果和梨?

维洛妮克 这是我的小秘方。(她切开蛋糕,分给众人)蛋
糕有点儿太凉,可惜啦。

安妮特 苹果加梨,这可是头一回听说。

维洛妮克 苹果加梨可是经典配方呢,但有窍门。

安妮特 噢?

维洛妮克 就是梨那一层必须比苹果那一层厚些。因为梨
比苹果熟得快。

安妮特 是这么回事呀。

米歇尔 不过她并没有把真正的秘诀给透露出来。

维洛妮克 让他们尝尝吧。

阿 兰 好吃。很好吃。

安妮特 味道好极了。

维洛妮克 ……里面还有香料面包屑呢!

安妮特 真好吃。

维洛妮克　只是对皮卡第蛋糕稍稍改造一下而已。老实说，我是从婆婆那里学来的。

阿　兰　香料面包，好美味……至少让我们发现了一个新配方。

维洛妮克　我更希望我儿子那两颗门牙能够在这次事件中保住。

阿　兰　当然，我也想说这句话！

安妮特　可你说得莫名其妙。

阿　兰　才不是呢，我……（手机振动起来，双眼盯着屏幕）……我必须接听……是的，莫里斯……不行，不要发什么回应声明，你们会火上浇油的……是不是有人提供了材料？……嗯，嗯……是哪些问题，怎么个失调法？……剂量正常吗？……什么时候发现的？……打那个时候起你们就没有把它召回？……折合成营业额的话是多少？……噢，对。我明白……好的。（他挂断电话，又立马拨另外一个号码，一边大口吞吃蛋糕）

安妮特 阿兰,请你还是多跟大家在一起吧!

阿 兰 好的,好的,马上……(对着手机)塞尔热吗?……他们了解这些风险已经有两年啦……一份内部报告,不过没有确定任何不良反应……没有,没有采取任何预防措施,他们没有提供材料,年度报告里也只字未提……走路跌跌撞撞,平衡出现问题,简单说吧,人看上去老是昏昏欲睡的样子……(他跟着合伙人一起笑)……营业额呢,一亿五千万美金……一概不要承认……这个蠢货,竟然要我们刊登声明。我们肯定不会刊登什么声明的。不过,如果再出现其他转载的话,可以发布一份类似公告的东西,为两个星期后的公司年会消消毒……他得给我回电话……OK(挂断电话)……说实话,我今天连午饭都几乎没时间吃。

米歇尔 请用吧,请用。

阿 兰 谢谢。我言过其实啦。刚才大家在说什么?

维洛妮克 我们要是在其他场合碰头的话,那该多么惬

14

意啊！

阿　兰　　那是当然的。

　　　　　这么说，这水果蛋糕，是您母亲做的？

米歇尔　　是我妈的秘方，不过是维洛的手艺。

维洛妮克　　你妈可没有把梨和苹果搭配在一起。

米歇尔　　对的。

维洛妮克　　可怜的妈妈快要动手术了。

安妮特　　是吗？什么手术啊？

维洛妮克　　膝盖。

米歇尔　　医生要给她安装一只活动的假膝盖，一只由金属
　　　　　与人工树脂合成的假膝盖。可她心中惦记的却
　　　　　是，将来她火化之后还会剩下什么。

维洛妮克　　你真恶毒。

米歇尔　　她不愿意跟我父亲葬在一起。她要火化，埋在她
　　　　　母亲身边。我外婆一个人孤零零地葬在南方。两
　　　　　只骨灰盒将面对大海互相倾诉。哈，哈！……

〔微笑着冷场。

安妮特 你们这样慷慨大方,让我们非常感动,你们在努力
息事宁人,而不是火上浇油,这种做法也让我们很
有感触。

维洛妮克 坦率地说,这些都是最起码的。

米歇尔 说得是!

安妮特 不,不。有多少家长不是以本身就是幼稚的方法
在庇护着自家孩子。假如布鲁诺打坏了斐迪南的
两颗门牙,也许阿兰和我的反应会更加表面、更加
激烈呢?我可不能保证我俩会表现得胸襟如此
开阔。

米歇尔 一定会!

阿　兰 她说得对。不一定。

米歇尔 一定的。因为我们都很清楚,事情倒过来发生也
是可能的。

〔冷场。

维洛妮克　斐迪南呢，他又是怎么说的？他是如何面对这
　　　　　　件事的呢？

安妮特　他话不多。我觉得他是不知所措啦。

维洛妮克　他没有意识到自己把同学的脸给破相了吗？

阿　兰　没有，没有。他没有意识到把同学的脸给破相啦。

安妮特　你怎么这样说话？斐迪南当然意识到啦！

阿　兰　他意识到自己有过粗暴的行为，但没有意识到把
　　　　　同学的脸给破了相。

维洛妮克　您不喜欢破相这个词，但不幸的是，它是一个准
　　　　　　确的词。

阿　兰　我儿子没有把您儿子的脸给破相。

维洛妮克　您儿子把我们家儿子的脸给破相啦。五点钟你
　　　　　　们再来这里，亲眼看一看他的嘴巴和他的牙齿。

米歇尔　暂时性破相。

阿　兰　他嘴巴上的肿是会消掉的，至于他的牙齿，如果需

17

要看最好的牙医,我愿意出钱……

米歇尔　这事有保险公司来管。我们呢,我们希望两个小家伙和好如初,再也不要发生这样的事故。

安妮特　安排他们见一面吧。

米歇尔　对。这话有理。

维洛妮克　当着我们的面吗?

阿　兰　他们又用不着别人指导。让他们像大人一样在一起吧。

安妮特　阿兰,让他们像大人一样,这真可笑。话虽这么说,或许真的不需要咱们在场。咱们要是不在的话,也许更好,是吧?

维洛妮克　问题不在于我们在不在场。问题在于他们愿意不愿意互相说话,愿不愿意互相解释清楚?

米歇尔　布鲁诺是愿意的。

维洛妮克　可是斐迪南呢?

安妮特　咱们不必征求他的意见。

维洛妮克　可这得他本人自愿呢。

安妮特 斐迪南的行为举止像个小流氓,才不管他什么想法呢。

维洛妮克 我觉得,假如斐迪南是在一种必惩无疑的情况下跟布鲁诺见面,他是不可能从中吸取什么有益的教训的。

阿 兰 夫人,我们家儿子是个野蛮人。希望他自发地感到懊恼是不现实的。好啦,很抱歉,我得回事务所去啦。安妮特,你留下来,回头把你们的决定告诉我。不管怎样,我都派不了什么用场。女人认为需要男人、需要父亲,好像男人有什么用处似的。男人其实是个让人随身携带的行囊,又错位又笨拙。啊!试想一下,就像一段地铁走到了空中,滑稽得很!

安妮特 不好意思,我也不能够待得太久……我丈夫从来都不是一个爱推童车、喜欢照顾孩子的爸爸!……

维洛妮克 真遗憾。带着孩子散步美妙极啦。时间过得真快。你呢,米歇尔,你喜欢把心思用在孩子身上,开开心心地推着小童车。

米歇尔　是的,是的。

维洛妮克　那么,到底怎么决定呢?

安妮特　你们能不能晚上七点半左右带布鲁诺一起上我们家来?

维洛妮克　晚上七点半?……米歇尔,你觉得呢?

米歇尔　我嘛……恕我……

安妮特　说吧。

米歇尔　我觉得应该是斐迪南过来。

维洛妮克　对,我同意。

米歇尔　不应该是受害人跑过去。

维洛妮克　确实是这样。

阿　兰　晚上七点半我哪里都去不了。

安妮特　我们并不需要你,既然你毫无用处。

维洛妮克　话说回来,有他父亲在场总是好的。

阿　兰　(手机振动起来)好的,但今天晚上不行。

喂?……资产平衡表什么也说明不了。可是风

20

险并没有正式确定。没有证据……（挂断电话）

维洛妮克 明天呢？

阿　兰 明天我在海牙。

维洛妮克 您在海牙工作？

阿　兰 我去海牙国际刑事法庭打一场官司。

安妮特 关键是孩子们要相互沟通。晚上七点半我会陪斐
迪南来你们家，然后让他们自己解释。不行吗？
你们好像不同意。

维洛妮克 如果斐迪南不承担责任的话，他俩会怒目而视，
那就是一场灾难啦。

阿　兰 夫人，您这么说是什么意思？什么叫承担责任？

维洛妮克 你们家孩子当然不是野蛮人。

安妮特 斐迪南根本不是野蛮人。

阿　兰 他是一个野蛮人。

安妮特 阿兰，你真蠢，怎么说得出这样的话来？

阿　兰 他就是一个野蛮人。

米歇尔 那他又怎么解释自己的行为呢？

安妮特　他不想谈这个。

维洛妮克　这个他必须谈。

阿　兰　夫人,必须的事情多了去了。他必须来,他必须
谈,他必须道歉……很显然,你们身上具备的能力
我们都没有,我们会去提升自己,但在此之前还是
请你们高抬贵手。

米歇尔　好啦,好啦! 我们不至于就这样莫名其妙地分
开吧!

维洛妮克　我是在替他说话啊,我是在替斐迪南说话。

阿　兰　我听得非常清楚。

安妮特　咱们再坐两分钟吧。

米歇尔　再喝点咖啡?

阿　兰　同意,再来一杯。

安妮特　那我也再喝一杯。谢谢。

米歇尔　维洛,你别动,我去。

〔冷场。

矮几上摆放着许多艺术书籍,安妮特小心翼翼地挪动了几本。

安妮特　看得出来,您十分爱好绘画。

维洛妮克　我爱好绘画,还爱好摄影。这多少也是我的职业。

安妮特　我也崇拜培根①。

维洛妮克　是啊,培根嘛。

安妮特　(翻着书)……他的画既残酷又壮美。

维洛妮克　混乱当中,透着一种平衡。

安妮特　没错……

维洛妮克　斐迪南对艺术感兴趣吗?

安妮特　还没到应有的程度……你们家孩子想必对艺术感兴趣吧?

维洛妮克　我们也在努力。努力去弥补学校在这方面的

---

① Francis Bacon(1909—1992),英国当代画家。

欠缺。

安妮特　是啊……

维洛妮克　我们尝试教他们自觉读书。尝试带他们去听音乐会、看画展。我们倾向于相信文化具有陶冶情操的能力！

安妮特　您说得在理……

［米歇尔端着咖啡回来。

米歇尔　这种水果糕点究竟是蛋糕呢,还是馅饼？这可是一个严肃的问题。我刚才在厨房里就在想,为什么林兹蛋糕①属于馅饼呢？吃吧,吃吧,不要把这一块给剩下喽。

维洛妮克　这水果糕点属于蛋糕一类。它的饼底并没有被压平,而是跟水果混合在一起了。

_____

① Linzertorte,奥地利一种糕点名称。

24

阿　兰　您是一位名符其实的厨师。

维洛妮克　我喜欢这个。厨艺这种事呢，得真心喜欢才行。我的观点是，只有传统的馅饼，也就是说饼底压得平平的那种，才配叫做馅饼。

米歇尔　你们呢，还有其他孩子吗？

阿　兰　第一次婚姻给我留下了一个儿子。

米歇尔　让我百思不解的是，虽然这并不是很重要，这场冲突是怎么引起的呢？布鲁诺对这一点守口如瓶。

安妮特　布鲁诺不肯让斐迪南加入他那个团伙。

维洛妮克　布鲁诺有一个团伙？

阿　兰　还骂他"奸细"。

维洛妮克　你知道布鲁诺有一个团伙吗？

米歇尔　不知道。我可高兴得要发疯啦。

维洛妮克　你为什么高兴得发疯？

米歇尔　因为我也当过团伙的头头。

阿　兰　我也当过。

维洛妮克　那又意味着什么呢？

米歇尔　那就意味着有五六个毛孩子喜欢你，并且随时准备为你牺牲一切。就像《艾凡赫①》里那样。

阿　兰　的的确确，就像《艾凡赫》里演的一样。

维洛妮克　如今还有谁知道《艾凡赫》呀？

阿　兰　他们换了另外一种英雄。蜘蛛侠。

维洛妮克　嗨，我发现你们知道的比我们多。斐迪南并不像你们很想说成的那样金口难开。那他又为什么被叫做"奸细"呢？不问了，我真笨，这种问题真愚蠢。嗐，它关我什么事呢？这不是重点。

安妮特　咱们不要卷进小孩子的争吵当中去。

维洛妮克　这不关我们的事。

安妮特　不关咱们的事。

维洛妮克　反之，跟我们相关的，是这桩不幸已经发生的

---

①　英国文学家沃尔特·司各特（Walter Scott，1771—1832）所著小说《艾凡赫》（*Ivanhoe*）中的主人公，是一位勇敢、忠诚、充满智慧和不畏艰险的英雄。一九九七年由英国导演斯图尔特·奥玛（Stuart Orme）搬上银幕，风靡一时。

事。跟我们相关的,是暴力。

米歇尔 我七年级当团伙头头的时候,一个人单枪匹马,打败了比我身强力壮的迪迪耶·勒格吕。

维洛妮克 米歇尔,你想说什么呀? 这毫无关系。

米歇尔 是,是,确实没有丝毫关系。

维洛妮克 说什么单枪匹马。孩子们又不是互相打架。

米歇尔 千真万确,千真万确。我只是想起了一件往事。

阿 兰 并没有多大的区别。

维洛妮克 嗬,有区别的噢。对不起,先生,我要说这是有区别的。

米歇尔 是有区别。

阿 兰 有什么区别?

米歇尔 跟迪迪耶·勒格吕那一次,我们可是约好了要打架的。

阿 兰 您把他给打得鼻青脸肿啦?

米歇尔 肯定有点儿。

维洛妮克 好啦,忘掉迪迪耶·勒格吕吧。你们是否同意

27

我跟斐迪南当面谈一谈？

阿　兰　那当然啦！

维洛妮克　没有你们同意,我可不愿意跟他谈。

安妮特　跟他谈谈吧。再正常不过啦。

阿　兰　祝您好运。

安妮特　住嘴,阿兰。我不明白。

阿　兰　夫人是出于……

维洛妮克　叫我维洛妮克吧。如果大家不再这么客套地称
　　　　　呼先生夫人的话,问题会解决得更顺利些。

阿　兰　维洛妮克,您是出于循循诱导的雄心,本身不无善
　　　　　意……

维洛妮克　如果你们不想我跟他谈,那就不找他谈呗。

阿　兰　您还是跟他谈谈吧,教训教训他,想怎么做都成。

维洛妮克　我不明白,您对这件事为什么不能更关心些。

阿　兰　夫人……

米歇尔　维洛妮克。

阿　兰　维洛妮克,我已经不能够关心得再多啦。我儿子

伤害了另一个孩子……

维洛妮克 故意伤害。

阿　兰 明白吗,就是这种说法让我心生抵触。是故意的,我们知道这一点。

维洛妮克 可这就是根本的区别。

阿　兰 什么跟什么的区别呢?我们又没有在说别的什么喽。我们家儿子抄起了一根棍子,打了你们家儿子。我们来这里就是为了这么一件事,对吗?

安妮特 说这话没意思。

米歇尔 对,她说得对,这种讨论没意思。

阿　兰 您为什么觉得有必要塞进"故意"这两个字?我貌似又应该从中吸取什么教训呢?

安妮特 请注意,咱们大家都变得滑稽可笑啦,我丈夫还在为其他事情烦恼着呢,今天晚上我陪斐迪南过来,让这件事情自然而然地解决。

阿　兰 我没有任何烦恼。

安妮特 那我呢,我可有烦恼。

米歇尔 我们没有任何理由烦恼。

安妮特 有的。

阿　兰 （手机振动起来）……你们不能回应……不做任何评论……不行，不能把它召回！要是你们把它给召回的话，你们就得承担责任……召回昂特里叶这款药，就等于承认你们有责任！年度报表里什么都看不到。如果你们想在两个礼拜之后因为报表造假而被起诉和撤职的话，那你们就停止销售这款药吧……

维洛妮克 去年，学校办节的时候，斐迪南演的是德什么先生来着……？

安妮特 德·浦尔叟雅克先生①。

维洛妮克 德·浦尔叟雅克先生。

阿　兰 受害者嘛，莫里斯，等全体会议之后再考虑……等全体会议之后根据情况的变化再考虑……

---

① 法国戏剧家莫里哀于一六六九年创作的同名三幕芭蕾剧的主人公。

30

维洛妮克　他演得很棒。

安妮特　是啊……

阿　兰　不能把这款药给召回,因为它还涉及其他三款效果不一的药呢! ……眼下,你们什么也不要回应……对。待会儿见……(挂断并呼叫他的合伙人)

维洛妮克　大家都对他扮演的德·浦尔叟雅克先生记忆犹新。米歇尔,你还记得吗?

米歇尔　记得,记得……

维洛妮克　他装扮成女人,样子怪搞笑的。

安妮特　是呀……

阿　兰　(对合伙人)……他们惊慌失措啦。电台记者紧盯着他们不放,你让人准备一份公告吧,绝对不能是辩护性的,相反你们要亲临火线,强调威朗兹制药公司就是受害者,因为两周后它就要召开全体会议,有人企图在会议前搞破坏,所以才会抛出这份研究报告,这也是为什么它偏偏在这个时候从天而降,等等。关于健康的问题一个字也不要提,只

提一个问题，谁是这份报告的幕后主使？……好

啦。（挂断）

[短暂的冷场。

米歇尔　这些实验室太可怕了。一心只想着利润，利润。

阿　兰　您可不必参与我们的对话。

米歇尔　您也没有必要当着我的面谈呀。

阿　兰　我不得不谈。在这里打这一通电话我根本是被迫

无奈。不得已而为之啊，请您相信。

米歇尔　他们肆无忌惮地把蹩脚货兜售给你。

阿　兰　医疗领域的点滴进步，无不与收益和风险息息

相关。

米歇尔　说得是，我很理解。话虽这么说，您从事的这个职

业还是挺滑稽的。

阿　兰　什么意思？

维洛妮克　米歇尔，这跟我们没关系。

米歇尔　一个莫名其妙的职业。

阿　兰　您呢,您又是干什么的呢?

米歇尔　我呢,我从事的是普通职业。

阿　兰　什么普通职业呢?

米歇尔　跟您说过啦,我卖锅碗瓢勺。

阿　兰　还卖门把手。

米歇尔　啊,还卖厕所抽水装置。我非常喜欢这些。我对这些东西有兴趣。

安妮特　阿兰。

阿　兰　这我有兴趣。我对厕所抽水装置感兴趣。

米歇尔　为什么不呢。

阿　兰　有多少种类呢?

米歇尔　有两大系统。一种是按压式,另一种是手拉式。

阿　兰　是啊。

米歇尔　采用哪一种取决于进水。

阿　兰　确实如此。

米歇尔　要么从上面进水,要么从下面进水。

阿　兰　说得不错。

米歇尔　如果您需要的话，可以给您介绍一名我的店员，他是专家。不过，您得跑一趟圣德尼拉普莱奈①。

阿　兰　您好像很在行啊。

维洛妮克　你们有没有打算惩罚斐迪南呢？不管用哪种方式。你们找一个更合适的时机再来谈管道的事吧。

安妮特　我人觉得不舒服。

维洛妮克　您怎么啦？

阿　兰　是呀，亲爱的，你脸色苍白。

米歇尔　真的，您面色煞白。

安妮特　我感到恶心。

维洛妮克　恶心吗？……我有胃复安……

安妮特　不用，不用……就会好的……

维洛妮克　我们能不能……？喝点可乐。可乐很管用。

　　　　（她立刻去拿可乐）

---

① Saint-Denis la Plaine，意为"圣德尼平原"，位于巴黎郊区。

安妮特　就会好的……

米歇尔　稍微走动一下。走几步。

〔她走了几步。

维洛妮克拿着可口可乐返回。

安妮特　真管用？……

维洛妮克　是的,是的。小口喝。

安妮特　谢谢……

阿　兰　(他悄悄拨了办公室的电话)……给我叫一下塞尔热……是吗……让他打给我吧,让他马上给我打电话……(把电话挂断)可乐管用吗？它对腹泻更管用吧？

维洛妮克　不光对腹泻管用。(对安妮特)好些了吗？

安妮特　好些了……夫人,如果想要教训孩子的话,我们有自己的方式,并且也不用汇报。

米歇尔　绝对的。

35

维洛妮克　绝对什么呀,米歇尔?

米歇尔　他们爱怎么管儿子都可以,他们有这个自由。

维洛妮克　我不这么认为。

米歇尔　你不认为什么呀,维洛?

维洛妮克　我不认为他们有这个自由。

阿　兰　咦,请您解释一下。(手机振动起来)啊,对不起……(对合伙人)好极啦……可不要忘了,什么都没有得到证实,没有任何确凿的证据……请您不要搞错,如果在这方面犯错的话,两周后莫里斯就得滚蛋,我们也都一起玩完啦。

安妮特　够啦,阿兰! 你这手机现在该停下来啦! 要跟大家在一起,混蛋!

阿　兰　好……你待会儿再打电话给我读一下。(挂断)你见鬼啦,这样扯着嗓子吼,简直是疯啦! 塞尔热听得一清二楚!

安妮特　正好! 你这手机响个不停,简直让人作呕!

阿　兰　听着,安妮特,我到这里来已经很给面子了……

维洛妮克　真过分。

安妮特　我要吐啦。

阿　兰　这可不行,你不能吐。

安妮特　真的……

米歇尔　您要去洗手间吗?

安妮特　(对阿兰)谁也没有强迫你留下……

维洛妮克　说得对,谁也没有强迫他留下。

安妮特　我头晕……

阿　兰　眼睛盯着一个固定的点,嘟嘟,眼睛盯着一个固定
　　　　的点。

安妮特　你滚吧,别管我。

维洛妮克　不管怎样,她最好还是去洗手间。

阿　兰　去洗手间吧。如果你要吐的话,就去洗手间。

米歇尔　给她吃胃复安呀。

阿　兰　怎么着也不会是水果蛋糕引起的吧?

维洛妮克　那是昨天做的!

安妮特　(对阿兰)别碰我!……

阿　兰　　嘟嘟,冷静冷静吧。

米歇尔　　求求你们,干吗要莫名其妙地发火呢?

安妮特　　在我丈夫眼里,凡是家里的、学校的、花园的事都归我管。

阿　兰　　才不是呢!

安妮特　　就是的。我还不了解你? 这一切都真要命。真要命。

维洛妮克　　假如这么要命的话又为什么要生孩子呢?

米歇尔　　也许斐迪南感受到了这种漠不关心。

安妮特　　什么漠不关心?

米歇尔　　是您自己这么说的……

　　[安妮特剧烈地呕吐起来。

　　从她嘴里猛然喷出一大口来,灾难性地往外喷,部分吐到了阿兰身上。

　　矮几上的艺术书籍也被溅污。

米歇尔　　快去找个盆来,端个盆来!

38

〔维洛妮克奔出去拿水盆，与此同时，米歇尔替安
妮特拿着托盘，以防万一。

安妮特再一次感到恶心，但什么也没有吐出来。

阿　兰　嘟嘟，你本该去洗手间的，真荒唐！

米歇尔　西装都给弄脏啦！

〔很快，维洛妮克手里端着一只水盆和一块抹布返回。
她把水盆递给安妮特。

维洛妮克　不可能是蛋糕引起的，肯定不是蛋糕。

米歇尔　不可能是蛋糕，太紧张啦。这是神经太紧张啦。

维洛妮克　（对阿兰）您要去浴室洗洗吗？哎呀呀，考考斯
卡①！我的天！

———————

① Oskar Kokoschka(1886—1980)，奥地利画家、作家，著名表现主义艺
术家。

〔安妮特往水盆里吐苦水。

米歇尔　给她吃胃复安吧。

维洛妮克　不要马上给她吃,她现在什么也咽不下去。

阿　兰　浴室在哪?

维洛妮克　我领您过去。

〔维洛妮克和阿兰下。

米歇尔　神经太紧张啦。这是神经突然发作引起的。您是
　　　　一位妈妈,安妮特。不管您愿意还是不愿意。我
　　　　理解您的烦恼。

安妮特　嗯嗯。

米歇尔　我呀,要我说呢,人是无法驾驭那些原本驾驭我们
　　　　的东西的。

安妮特　嗯嗯嗯……

米歇尔　我呢,问题表现在颈椎上。颈椎堵塞。

安妮特　唔唔唔……（又吐了些苦水）

维洛妮克　（又端着一盆水返回，盆里泡着一块海绵抹布）这本考考斯卡的画册怎么办呢？

米歇尔　要是我，我会用"清洁先生"①来清洗……问题是如何吹干……或者你用清水洗，略微加一点香水。

维洛妮克　香水？

米歇尔　就用我的科诺诗②香水吧，我从来不用的。

维洛妮克　那会让纸张起皱的。

米歇尔　可以用吹风机吹一下，再把其他书压在上面给整平。或者像对待纸币那样用熨斗烫平。

维洛妮克　哎呀呀……

安妮特　我给您重新买一本……

维洛妮克　这本书已经觅不到啦！老早就断货啦！

安妮特　我很抱歉……

---

① Monsieur Propre，一种清洁剂。
② Kouros，伊夫·圣罗兰公司生产的一款男士香水。

米歇尔　我们会把它给整好的。维洛,让我来整吧。

〔维洛妮克厌恶地把水盆和海绵抹布递给他。

米歇尔开始清洗书籍。

维洛妮克　这本书是一九五三年伦敦展览会画册的再版,已经不止二十年啦!……

米歇尔　去把吹风机拿来。还有科诺诗香水。都放在毛巾柜里。

维洛妮克　她丈夫还在浴室里呢。

米歇尔　他又没有一丝不挂!(她下,他继续清洗)……我先把这块大的污渍给清除干净。然后再稍稍整一下多尔干人画册……我马上回来。

〔他端着脏水盆下。

维洛妮克和米歇尔几乎同时回来。

她手里拿着一瓶香水,他端着一盆干净的水。

米歇尔清洗完毕。

维洛妮克　（对安妮特)好些了吗?

安妮特　好点了……

维洛妮克　我喷一下?

米歇尔　吹风机在哪儿?

维洛妮克　他用完之后马上就拿来。

米歇尔　等等他吧。我们最后再喷科诺诗香水。

安妮特　我也用一下浴室,行吗?

维洛妮克　行行行。当然行。

安妮特　我真不知道该怎么表达心中的歉意……

　　　[她陪她去浴室,立即返回。

维洛妮克　一场多么可怕的噩梦!

米歇尔　他呀,不能再这样逼我了。

维洛妮克　她也一样糟糕。

43

米歇尔　略微好点。

维洛妮克　她装模作样。

米歇尔　我觉得她还好。

维洛妮克　这两个人都恶劣透顶。你为什么站在他们一边？（她往郁金香上喷香水）

米歇尔　我并没有站在他们一边。你这话什么意思？

维洛妮克　你察言观色，尽想两头讨好。

米歇尔　根本没有的事！

维洛妮克　就是这么回事儿。你炫耀自己当团伙头头的事迹，还说什么他们是自由的，爱怎么对待儿子就怎么对待，可那毛孩子就是一个公害，当一个小毛孩成为公害的时候，也就成了一桩事关众人的事件，她这样朝着我的书乱吐真是疯了！（往考考斯卡画册上喷香水）

米歇尔　（用手指着）多尔干人画册……

维洛妮克　当你觉得要吐的时候，你得采取预防措施呀。

米歇尔　……藤田画册。

维洛妮克　（四处喷香水）真恶心。

米歇尔　我在谈论厕所冲水装置时还是有节制的。

维洛妮克　你的表现完美无缺。

米歇尔　我回答得很好,是吧?

维洛妮克　无懈可击。你是一位无可挑剔的店员。

米歇尔　真是讨厌! 他管她叫什么?! ……

维洛妮克　嘟嘟。

米歇尔　对对对,嘟嘟!

维洛妮克　嘟嘟!（两人一起笑了起来）

阿　兰　（手里拿着吹风机返回）对,我叫她嘟嘟。

维洛妮克　噢……对不起,我们没有恶意……谁都很容易嘲笑别人的小名! 我们呢,米歇尔,我们怎样互相称呼呀? 肯定还要糟糕吧?

阿　兰　你们要用吹风机吧?

维洛妮克　谢谢!

米歇尔　谢谢。（一把拿过吹风机）我们互相称呼"大吉岭",就像印度茶一样。我觉得这明显可笑得多!

〔米歇尔把吹风机的插头插好，开始对着书吹。

维洛妮克把潮湿的纸张捋平。

米歇尔　捋捋平，好好捋平。

维洛妮克　（一边捋着纸，一边高声说话以压过噪声）那个
　　　可怜的女人感觉怎么样，好些了吗？

阿　兰　好些啦。

维洛妮克　我刚才的反应太糟糕，不好意思。

阿　兰　没什么。

维洛妮克　我竟然因为那本画册指责她，连自己都不敢
　　　相信。

米歇尔　把这一页翻过去。把纸绷紧，绷紧点。

阿　兰　您要把纸扯坏啦。

维洛妮克　确实如此……米歇尔，别吹啦，已经干了。我们
　　　莫名其妙地死抱着一些东西不放，甚至都不知道
　　　究竟是为了什么。

［米歇尔合上画册，两个人再把大部头书籍摞成小
山压在上面。

米歇尔把藤田画册、多尔干人图册等都吹干。

米歇尔　吹好啦！无可挑剔。

嘟嘟的叫法怎么来的？

阿　兰　来自保罗·孔特①的一首歌，唱的是"哇、哇、哇"。

米歇尔　我知道这首歌！我知道这首歌！（哼唱）哇、哇、
哇！……嘟嘟！哈！哈！……而我们的呢，那是
英语"达令"的变体，是在去印度结婚旅行之后。
真可笑！

维洛妮克　我是不是该去看看她呀？

米歇尔　大吉岭，去吧。

维洛妮克·　我去吗？……（安妮特返回）……噢，安妮特！
我还在担心呢……您好些了吗？

―――――――――――

① Paolo Conte(1937—)，意大利歌手、作曲家。

安妮特　我想是的。

阿　兰　如果你不确定的话,就离矮几远一点吧。

安妮特　我把毛巾留在浴缸里啦,不知道该放哪儿。

维洛妮克　很好。

安妮特　你们总算清洗掉了。真抱歉。

米歇尔　一切都完美无缺。一切都恢复了正常。

维洛妮克　安妮特,请原谅。我刚才可以说都没有管您。

　　　　　　　我把注意力都集中在那本考考斯卡画册上了……

安妮特　您甭操心。

维洛妮克　我的反应实在糟糕。

安妮特　才不是呢……(*一阵尴尬的冷场之后*)我在浴室里

　　　　　　　想到一件事……

维洛妮克　噢?

安妮特　咱们也许话题转得太快……嗨,我的意思是……

米歇尔　说啊,说吧,安妮特。

安妮特　骂人也是一种冒犯。

米歇尔　当然。

维洛妮克　米歇尔,这要看的。

安妮特　斐迪南从来没有暴力的表现。他不可能毫无理由地使用暴力。

阿 兰　他被人骂作奸细!⋯⋯(手机振动)⋯⋯对不起!⋯⋯(夸张地向安妮特做着道歉动作离开)⋯⋯对,前提是没有一个受害人吭声。没有受害人。我不想让你们站在受害人一边!⋯⋯我们一概不承认,必要的话,对报纸发起攻击⋯⋯莫里斯,我把公告的计划书传真给你们。(挂断)⋯⋯要是别人骂我奸细,我也会急的。

米歇尔　除非这是实实在在的。

阿 兰　什么?

米歇尔　我的意思是说除非有根有据。

安妮特　我的儿子是奸细?

米歇尔　不是的,我开玩笑来着。

安妮特　这么说的话,你们家儿子也是奸细。

米歇尔　这话怎么讲,我们家儿子也是奸细?

安妮特　他不是告发了斐迪南嘛。

米歇尔　那是在我们的坚持之下！

维洛妮克　米歇尔,我们完全离题了。

安妮特　没什么要紧。不管是不是在你们的坚持之下,他都把他给告发了。

阿　兰　安妮特。

安妮特　安妮特什么呀?（对米歇尔）您认为我儿子是奸细?

米歇尔　我什么也不认为。

安妮特　既然您什么也不认为,那就什么也不要说。不要想出这些指桑骂槐的名堂来。

维洛妮克　安妮特,我们还是保持冷静吧。米歇尔和我,我们一直在努力做到通情达理、温和克制⋯⋯

安妮特　并没有那么温和克制吧?

维洛妮克　啊? 这话怎么说?

安妮特　只是表面上温和克制。

阿　兰　嘟嘟,我真的该走啦⋯⋯

安妮特　胆小鬼,滚吧。

阿　兰　安妮特,眼下我正在最大的客户身上下赌注,这些
　　　　父母责任之类的破玩意儿……

维洛妮克　可是我儿子损失了两颗牙齿。两颗门牙。

阿　兰　是的,是的,我们终究会知道的啦!

维洛妮克　其中一颗已经铁板钉钉啦。

阿　兰　他还会有别的呀,我们给他装别的! 装更好的!
　　　　又没有打破他的耳膜喽!

安妮特　咱们错就错在没有对纠纷究根问底。

维洛妮克　没有根源。有一个十一岁的孩子打人了。用一
　　　　根棍子。

阿　兰　"以棍棒为凶器"。

米歇尔　我们把这个词给拿掉啦。

阿　兰　你们是把它给拿掉了,那是因为我们提出了不同
　　　　意见。

米歇尔　我们二话没说就把它给拿掉了。

阿　兰　故意用这个词把误会、失手排除在外,故意把孩子

排除在外。

维洛妮克　我不能保证受得了这种口气。

阿　兰　从一开始,您跟我,我们就难以协调一致。

维洛妮克　先生,你们自以为是误打误伤,还要为此指责我们,没有比听到这些更令人恶心的了。你们认为"凶器"一词不合适,我们就把它给改掉了。不过,如果强调这个词的严格定义的话,这个词用得并不过分。

安妮特　斐迪南遭人谩骂,他做出了反应。如果有人攻击我,我就会自卫,尤其是我单枪匹马面对一帮人的时候。

米歇尔　您吐完以后可来精神了。

安妮特　这句话您可掂量掂量有多么粗野。

米歇尔　我们都是些好心人。四个人都是,我敢肯定。为什么听任自己因无谓的刺激和烦恼失去控制呀?……

维洛妮克　噢,米歇尔,够啦!别再想着两面讨好啦。既然我们只是表面上温和克制,就不要再这样装腔作势啦!

米歇尔　不,不,不,我拒绝听任自己在这条斜道上滑下去。

阿　兰　什么斜道?

米歇尔　两个小坏蛋把我们引向了一条可悲的斜道! 就是的!

阿　兰　恐怕维洛是不会赞成这种看法的。

维洛妮克　叫我维洛妮克!

阿　兰　抱歉。

维洛妮克　可怜的布鲁诺现在成了小坏蛋。真过分!

阿　兰　好吧,算啦,现在我真的必须离开你们啦。

安妮特　我也走。

维洛妮克　走吧,走吧,我呢,我也不管啦。

　　〔乌利耶家的电话铃声响起。

米歇尔　喂? ……啊,妈妈……不,不,我们跟朋友们在一

53

起,没事儿,你说吧。……对,把它们给取消了吧,他们叫你做什么你就做什么……你在吃昂特里叶吗?!等一下,等一下,妈妈,不要挂电话……(对阿兰)您那个破药叫昂特里叶吧?我妈也在吃呢!……

阿　兰　成千上万的人都在吃。

米歇尔　这个药你要马上把它停掉。听见了吗,妈妈?立刻停掉……不要争啦。我会跟你解释的……你就跟佩劳罗医生说,我不让你吃这个药……为什么要红颜色的?……为了让谁看得见你?……这是完完全全的傻帽儿……好,待会儿再谈吧。吻你,妈妈。我再给你打电话(把电话挂掉)……她租了一对红颜色的拐杖,以防万一自己半夜三更病情发作时,跑到高速公路上去瞎溜达而被卡车给碾了。可是医生竟然给她吃昂特里叶来治高血压!

阿　兰　如果她吃了这种药,看上去又正常的话,我会把她作为证人传唤。我没有戴围巾来吗?啊,在这儿呢。

米歇尔　对您这种厚颜无耻的表现我实在不以为然。要是我母亲出现了一丁点的症状,您将看到我会带头集体维权。

阿　兰　不管怎样,都会有人维权。

米歇尔　我也希望是这样。

安妮特　夫人,再见……

维洛妮克　做人再怎么守规矩也毫无用处。诚实就是傻帽儿,它只会削弱我们,让我们毫无招架之力……

阿　兰　好啦,安妮特,我们走吧,今天我们已经听够了说教和布道。

米歇尔　快走,快走。不过,还是让我跟你们说一句,自从见到你们之后,我觉得,那个叫什么来着的,那个叫斐迪南的便足以情有可原啦。

安妮特　当您杀害那只仓鼠的时候……

米歇尔　杀害?!

阿　兰　杀害。

米歇尔　我杀害了仓鼠?!

阿　兰　是的。你们使劲给我们定罪,自己却把道德抛弃到路旁,然而凶手恰恰就是你们。

米歇尔　我绝对没有杀害那只仓鼠!

阿　兰　那就更加糟糕。您把它扔在了一个敌对环境之中。这只可怜的仓鼠很可能被一条狗或者一只老鼠给吞吃啦!

维洛妮克　千真万确! 千真万确!

米歇尔　怎么啦,怎么千真万确啦?

维洛妮克　就是千真万确。你想怎么说呢! 这个小家伙可能遭遇的变故太可怕啦。

米歇尔　我还以为自由的仓鼠才是幸福的,还以为在水沟里它会活蹦乱跳、陶醉在喜悦之中!

维洛妮克　可它并没有活蹦乱跳。

安妮特　您反而把它给抛弃了。

米歇尔　我可不敢碰这些小畜生! 这一类的动物我都不敢碰。维洛,这个你心里是很清楚的,妈的!

维洛妮克　他害怕啮齿动物。

米歇尔　是的,啮齿动物让我害怕,爬行动物让我恐惧,凡是贴着地面爬的东西我都没有什么好感! 就这么回事!

阿　兰　(对维洛妮克)您呢,您为什么没有下去把它找回来?

维洛妮克　嗨,我可是被蒙在鼓里哪! 米歇尔第二天早上才跟我们,跟我和孩子们说仓鼠溜掉了。一刻不停,我可是一刻不停就往楼下跑,还绕着这一带屋子寻找了一圈,甚至还去了地下室。

米歇尔　维洛妮克,你觉得把这桩仓鼠的事说出来很好吗? 我觉得突然让这件事成为关注的话题真令人恶心。这是一桩只跟你我相干的私事,与眼前的情况毫无关系! 把我当作凶手简直不可想象! 况且是在我的家里!

维洛妮克　这跟你的家有什么关系呀?

米歇尔　我把这个家的门打开了,带着和解的精神向人家敞开了大门,他们本该感激我才是!

阿 兰　继续给您自己献花吧,真是妙不可言。

安妮特　您不感到后悔吗?

米歇尔　我没有一丝一毫的后悔。我一直讨厌这个动物。这儿再也没有仓鼠了,让我欣慰无比。

维洛妮克　米歇尔,这真可笑。

米歇尔　可笑什么呀?难道你也疯了吗?他们的儿子殴打了布鲁诺,却要拿一只仓鼠来恶心我?

维洛妮克　面对这只仓鼠,你的举止一直很糟糕,这你可否认不了。

米歇尔　这只仓鼠关我屁事!

维洛妮克　今天晚上,当你面对女儿的时候,这屁事你不能不管。

米歇尔　让这丫头来吧!总不能让一个九岁小毛孩来命令我的一举一动吧!

阿 兰　在这一点上我跟他完全一致,百分之一百的一致。

维洛妮克　真可悲。

米歇尔　小心了，维洛妮克，小心了，直到现在我都表现得很克制，还差那么一丁点我就会失去理智的。

安妮特　布鲁诺呢？

米歇尔　布鲁诺怎么啦？

安妮特　难道他不伤心吗？

米歇尔　我觉得布鲁诺需要操心其他的事情。

维洛妮克　布鲁诺不那么关心啃咬的小动物。

米歇尔　你吐出来的这个词也真叫滑稽！

安妮特　如果您都没有感到一丝一毫的后悔的话，那又为什么要我们家儿子感到后悔呢？

米歇尔　跟你们说吧，这一切愚蠢透顶的无稽之谈让我头都大了。我们愿意与人为善，买来了郁金香，我老婆还把我装扮成激进人士，可真相却是，我并没有任何自控能力，我是一个典型的性格障碍患者。

阿　兰　我们人人都有这种病。

维洛妮克　不对，不对。很抱歉，我们并不都有性格障碍。

阿　兰　您不是，那好啊。

维洛妮克　谢天谢地,我可没患这种病。

米歇尔　你没患病,大吉①,你不是病人,你呢,是一个进化后的文明女人,你是不可能失去任何控制的。

维洛妮克　你为什么要攻击我?

米歇尔　我没有攻击你。恰恰相反。

维洛妮克　不对,你在攻击我,你心中有数。

米歇尔　你事先安排好了这场盛会,我是身不由己被拖了进来……

维洛妮克　你是身不由己被拖进来的?……

米歇尔　对。

维洛妮克　真卑鄙。

米歇尔　没什么卑鄙的。你为文明努力奋斗,那是你至高无上的荣誉。

维洛妮克　我为文明奋斗努力,完全如此! 幸亏还有人在这么做! (眼泪欲夺眶而出)你觉得做个有性格障

---

① 前文"大吉岭"的简称。

碍的人更好吗?

阿　兰　好啦,好啦……

维洛妮克　(同上)指责别人不是性格障碍患者难道正常

吗?……

安妮特　没有人这么说。没有人指责您这个。

维洛妮克　有的!……(哭泣)

阿　兰　没有人!

维洛妮克　又该怎么办呢?打官司吗?大家不再搭理,让

保险公司介入进来相互厮杀?

米歇尔　维洛,别再……

维洛妮克　别再什么?!……

米歇尔　这太过分啦……

维洛妮克　我才不管呢!我竭尽全力,避免斤斤计较……

结果反遭羞辱,孤立无援……

阿　兰　(手机刚刚振动过)……对……"让他们拿出证据

来!"……"请拿出证据来!"……不过,在我看来,

最好还是不要回应……

米歇尔 我们永远是孤独的！处处如此！谁要来一小杯朗姆酒？

阿　兰 ……莫里斯，我在跟人谈话，等我回办公室再打给你……（挂断）

维洛妮克 就这么回事，我是跟一个完全消极颓废的人生活在一起。

阿　兰 谁是消极颓废的人呀？

米歇尔 我。

维洛妮克 这真是世界上最糟糕的主意！我们真不应该见这次面的！

米歇尔 我事先跟你说过。

维洛妮克 你事先跟我说过？

米歇尔 是呀。

维洛妮克 你事先跟我说过你不愿意跟大家碰面？！

米歇尔 我觉得这不是一个好主意。

安妮特 这是一个好主意……

米歇尔 大家请！……（举起朗姆酒瓶）谁要来一点？……

维洛妮克　米歇尔，你跟我说过这不是一个好主意?!

米歇尔　我觉得。

维洛妮克　你觉得!

阿　兰　给我稍稍来一点吧。

安妮特　你不是要走吗?

阿　兰　事情到了现在这个样子,我可以喝上一小杯。

　　〔米歇尔给阿兰斟酒。

维洛妮克　看着我的眼睛,再说一遍,我们在这个问题上意
　　　　　见不一致!

安妮特　请您冷静,维洛妮克,请冷静一下,这样没意
　　　　　思……

维洛妮克　今天早上,是谁不让动蛋糕的? 是谁说我们把
　　　　　剩下的蛋糕留给雷伊夫妇的? 这句话是谁说的?!

阿　兰　这话温暖人心哪。

米歇尔　有什么关系?

维洛妮克　什么有什么关系?!

米歇尔　招待客人的时候,就招待客人。

维洛妮克　你撒谎,你撒谎! 他撒谎!

阿　兰　告诉你们吧,本人呢,也是被老婆硬拽过来的。一个受约翰·韦恩①男子汉大丈夫思想影响成长起来的人,是不会愿意通过对话手段来处理这种情况的。

米歇尔　哈哈!

安妮特　我还以为艾凡赫才是榜样呢。

阿　兰　这是同一类人物。

米歇尔　互补人物。

维洛妮克　互补! 米歇尔,你这样子作践自己,要到哪里为止啊?

安妮特　很明显,我把他拽过来完全是白费力气。

阿　兰　你原本指望什么呢,嘟嘟? ——这个小名确实好

---

① John Wayne(1907—1979),好莱坞电影明星,以出演硬汉闻名。

笑。——揭示一个和谐的世界？这朗姆酒好
极了。

米歇尔　啊！确实好吧！炉膛之心，十五年陈酒，直接来自
产地圣罗斯。

维洛妮克　还有郁金香呢，又是谁的主意？我是说过，可惜
没有郁金香啦，可我并没有要求别人天一亮就冲
到姆东杜威尔奈市场去买啊。

安妮特　维洛妮克，您可不要陷入这种情绪啊，太不明
智啦。

维洛妮克　郁金香，那是他买来的！他独自一人去的！我
们两个难道没有权利喝酒吗？

安妮特　维洛妮克和我，我们俩也要喝。顺便插一句，有的
人左一个艾凡赫，右一个约翰·韦恩，竟然连一只
仓鼠都不敢用手拿，好笑吧。

米歇尔　STOP，别再提仓鼠啦！STOP！……（给安妮特斟
上一杯朗姆酒）

维洛妮克　哈哈！说得不错，确实好笑！

安妮特　还有她呢?

米歇尔　我觉得没有必要。

维洛妮克　米歇尔,给我倒酒。

米歇尔　不倒。

维洛妮克　米歇尔!

米歇尔　不倒。

　　　　〔维洛妮克试图从他手里夺过酒瓶。

　　　　米歇尔抵抗。

安妮特　米歇尔,您这是怎么啦?!

米歇尔　好啦,喏,拿去吧!喝吧,喝吧,没什么了不起的。

安妮特　您觉得酒精不好吗?

维洛妮克　好极啦。无论如何,什么又是不好的呢?……

　　　　　　(她瘫了下去)

阿　兰　好哇……那么,我就说不准……

维洛妮克　(对阿兰)……先生,嗯……

66

安妮特　阿兰。

维洛妮克　阿兰,您和我两个人确实没有任何共通之处,可是呢,跟我在一起生活的这个男人,一直认定生活是庸俗无聊的,跟这样一个抱着这种偏见不放的人一起生活,真的很困难,什么他都不愿意改变,什么都提不起他的兴致……

米歇尔　他不在乎。他根本不在乎。

维洛妮克　人需要相信……需要相信有可能改变,不是吗?

米歇尔　他可是你能够倾诉这一切的最后一个人。

维洛妮克　混蛋,我爱跟谁讲就跟谁讲!

米歇尔　(电话铃声响起)谁又来给我们添乱啦?……是的,妈妈……他很好。他真的挺好,他牙齿掉了,但身体很好……不,他还疼着呢。他疼着呢,但是会挺过去的。妈妈,我眼下正忙着呢,待会儿再打电话给你。

安妮特　他还疼吗?

维洛妮克　好啦。

安妮特 为什么让您母亲操心呢?

维洛妮克 他不会做别的。他总得让母亲操心。

米歇尔 好啦,维洛妮克,到此为止,够啦! 这出闹剧是怎么回事啊?

阿兰 维洛妮克,人除了自己还有什么事情可以感兴趣呢? 我们都很愿意相信世界有可能改变。大家都会为此添砖加瓦,而且不计我们个人的私利。但真的存在这样的事情吗? 有的人拖拖拉拉,这是他们的方式,还有的人拒绝浪费时间,他们趁热打铁,但这两者又有什么区别呢? 人一直到死都忙忙碌碌。教育啦,人间苦难啦……您在写一本关于达尔富尔的书吧? 那好,我的理解是,您可能跟自己说,嗨,我要找一个屠杀事件,历史上只有屠杀,我要就此写一本书。尽可能自我救赎吧。

维洛妮克 我写这本书的目的并不是为了自我救赎。您没有读过这本书,所以不了解书里写了些什么。

阿兰 这关系不大。

[冷场。

维洛妮克　科诺诗的味道太可怕了！……

米歇尔　恶心。

阿　兰　您没有死命地喷吧？

安妮特　对不起。

维洛妮克　没有您什么事。是我神经质地喷过了头……我们为什么不能放松一点，为什么老是要被事情搞得精疲力竭呢？……

阿　兰　您思考得太多啦。女人总是思考得太多。

安妮特　回答得高明，我猜想，这巧妙地让您感到不自在了吧？

维洛妮克　我不明白什么叫做思考得太多。而且我也不理解，如果对这个世界缺少道德观，生命又有什么用处？

米歇尔　瞧瞧我的生活！

维洛妮克　住嘴！住嘴！我恨你这种可怜的卑躬屈膝！你

69

让我恶心！

米歇尔　拜托你幽默一点吧。

维洛妮克　我没有一丝一毫的幽默感。而且我也不想有什么幽默感。

米歇尔　我呀，要我说，把男女结为夫妇是上帝能够赐予我们的最为可怕的考验。

安妮特　太对了。

米歇尔　夫妇之外，还有家庭生活。

安妮特　米歇尔，您不会是要我们赞同您的观点吧？我甚至觉得这有点不道德。

维洛妮克　他毫无顾忌。

米歇尔　你们不同意吗？

安妮特　这些说法都是不合时宜的。阿兰，说几句。

阿　兰　他愿意怎么想就怎么想，他有这个权利。

安妮特　但他没有必要大肆宣扬。

阿　兰　对，好，也许……

安妮特　他俩的夫妇生活才不关咱们的事呢。咱们来这里是为了解决孩子们的问题，才不管他们的夫妇生活呢。

阿　兰　对呀，就是……

安妮特　就是什么呀？你这是什么意思？

阿　兰　这有关系。

米歇尔　有关系！这当然有关系！

维洛妮克　布鲁诺被打掉了两颗牙齿跟我们的夫妇生活有关系？！

米歇尔　当然喽。

安妮特　咱们可跟不上您的思路。

米歇尔　请把话反过来说。欣赏一下我们的处境吧。孩子消耗了我们的生活、毁掉了我们的生活。孩子把我们引向灾难，这是一条规律。当你看到那些男男女女笑盈盈地踏上婚姻之舟的时候，你心里会说，他们不知道，可怜他们一无所知，他们心中充满喜悦。开始的时候，别人什么也不告诉你。我有个一起当过兵的朋友，他跟新女友马上就要有孩子了。我跟他说,到了我们这样的年纪,还要生个小孩,真是疯啦!我们还剩下的十年、十五年,那些在我们患上癌症或者中风之前的美好时光,你就这样让一个小东西给毁掉吗?

安妮特　您没有考虑过您所说的这些话。

维洛妮克　他考虑过的。

米歇尔　我当然考虑过。我甚至考虑过更加糟糕的。

维洛妮克　对的。

安妮特　米歇尔,您真卑鄙!

米歇尔　是吗?哈哈!

安妮特　维洛妮克,别再哭啦,您看得很清楚他为此兴奋着呢。

米歇尔　(对正往自己空杯里斟酒的阿兰)倒吧,倒吧,这酒不一般吧?

阿　兰　真不一般。

米歇尔　您要来一支雪茄吗?……

维洛妮克　不行,家里不可以抽雪茄!

阿　兰　那就算啦。

安妮特　阿兰,你不会准备抽雪茄吧?

阿　兰　安妮特,我想干什么就干什么,我想接受一根雪茄就接受一根雪茄。为了不刺激维洛妮克,我就不抽,因为她几乎快要发作啦。她说得对,别再嗅啦,当一个女人哭起来的时候,男人立马就被逼到了墙角。虽说米歇尔的观点,我很遗憾这么说,完全站得住脚(手机振动起来)……对,塞尔热……干吧……写上巴黎,某日……一点整……

安妮特　真见鬼啦!

阿　兰　(离开,压低嗓门,以避免发火)……就是你把它寄出去的时间。必须是新鲜出炉般滚烫……不,不是"惊讶"。"谴责"。"惊讶"这个词太温……

安妮特　我从早到晚过的都是这种生活,从早到晚他都攥着这部手机不放! 我们的生活都被手机给粉碎了!

阿　兰　呃……稍等……(遮住手机)……安妮特,这个电

73

话非常重要！……

安妮特 永远都是非常重要。远距离发生的事情总是更加重要。

阿　兰 （接着讲）……你说吧……对……不是"着手"，是"操纵"。是一种操纵，就发生在财务报表公布前的两周，等等。

安妮特 马路上，饭桌前，不管哪里……

阿　兰 ……一份研究报告，打上双引号！你在研究报告四字上加上引号……

安妮特 我什么也不说啦。彻底投降。我又想吐了。

米歇尔 水盆在哪里？

维洛妮克 不知道。

阿　兰 ……你只要引用我的这句话："这是一种操纵行情的可悲企图……"

维洛妮克 水盆在那儿。不用客气，吐吧。

米歇尔 维洛。

维洛妮克 没问题。现在有水盆啦。

阿　兰　"……操纵行情并动摇我的客户,"威朗兹制药公司的律师雷伊先生肯定地说……法新社、路透社、综合报社、专业报社,凡此种种……(挂断)

米歇尔　她又想吐了。

阿　兰　你这是怎么啦?

安妮特　被你的温柔打动了。

阿　兰　我在担心!

安妮特　抱歉。我没听懂。

阿　兰　噢,安妮特,求求你啦! 不见得我们也要干一场吧! 他们两个吵架,夫妻关系土崩瓦解,我们没必要跟他们去竞争!

维洛妮克　您凭什么说我们夫妻关系土崩瓦解啦? 您有什么权利这么说?

阿　兰　(手机振动)……刚刚有人给我读了这篇文章。莫里斯,让人把文章发给你们……操纵,操纵行情。待会儿见(挂断)……不是我说的,是弗朗索瓦说的。

维洛妮克　米歇尔。

阿　兰　米歇尔,对不起。

维洛妮克　我不允许您对我们的家庭作任何评价。

阿　兰　请您也不要对我们家儿子作任何评价。

维洛妮克　可这没有任何关系!是您儿子暴打了我们的儿子!

阿　兰　他们年纪都小,还是毛孩子,无论在哪个时代,课间休息的时候毛孩子们都会打打闹闹的。这是一条生活规律。

维洛妮克　不,不是!……

阿　兰　是的。要经过一个阶段的历练才能取代暴力。请大家注意,最初的权力就是力量。

维洛妮克　那也许是在史前人类那里。而不是在我们这里。

阿　兰　我们这里!请您给我解释一下什么叫我们这里。

维洛妮克　我受够你们了。受够了这些胡言乱语。

阿　兰　我呢,我信奉的是杀戮之神。自从混沌时代以来,统治世界的就只有杀戮之神,没有其他神与之分庭抗礼。您对非洲感兴趣,是吧……(对正在犯恶心的安妮特)……不舒服吗?……

安妮特　别管我。

阿　兰　要管的。

安妮特　我没什么不好。

阿　兰　跟你们说吧,我凑巧刚从刚果回来。在那里,小毛孩八岁时就接受杀人训练。他们在童年时代就会杀掉成百上千的人,用大砍刀、左轮手枪、卡拉什尼科夫冲锋枪,还有榴弹发射器。我儿子只是用一根竹签在杜南准尉街心花园打坏了同学的一颗、最多两颗牙,我可没有像你们这样子,又是惊慌,又是愤怒。

维洛妮克　您错啦。

安妮特　(突出英语口音)榴弹发射器!……

阿　兰　是的,这玩意就这么叫。

[安妮特往水盆里吐。

米歇尔 还行吧？

安妮特 ……没问题。

阿 兰 你这是怎么啦？她这是怎么啦？

安妮特 吐的是苦水！没什么！

维洛妮克 不必告诉我什么是非洲。我对非洲殉道制度了
如指掌。我在这方面深入研究了好几个月……

阿 兰 对此我并不怀疑。再说呢，国际刑事法庭的检察
官还就达尔富尔展开了调查……

维洛妮克 您不是打算把这件事情告诉我吧？

米歇尔 不要把她引到这个话题上去！求求你们！

[维洛妮克扑向丈夫并揍他，她气急败坏、失去理
智地乱捶了好多下。
阿兰拉住了她。

阿　兰　告诉您吧,我开始对您有好感啦!

维洛妮克　我对您没有!

米歇尔　她为了全世界的和平与稳定使尽了力气。

维洛妮克　住嘴!

　　　　⌈安妮特一阵恶心。

　　　　她端起朗姆酒杯,送到嘴边。

米歇尔　您行吗?

安妮特　没问题,没问题,这让我感觉好些。

　　　　⌈维洛妮克学她的样子。

维洛妮克　我们生活在法国,并不是生活在金沙萨! 我们
　　　　　生活在法国,遵循着西方社会的规则。发生在杜
　　　　　南准剧街心花园的事件隶属于西方社会的价值!
　　　　　对您不起的是,我非常高兴自己属于这个社会!

米歇尔 对丈夫拳打脚踢兴许也是这些规则的一部分……

维洛妮克 米歇尔,这样下去,结局不会好。

阿　兰 她怀着一腔热情向您扑来。我要是您,难免会感动。

维洛妮克 我可能马上又要来了。

安妮特 他在嘲笑您呢,您明白不?

维洛妮克 我不在乎。

阿　兰 正相反。道德要求我们控制身体的冲动,不过有时候不加控制也是好的。当我们嘴里唱着《羔羊颂》的时候,心中并没有要接吻的想法啊。这种朗姆酒本地买得到吗?

米歇尔 要买到这一年份的,我不相信!

安妮特 榴弹发射器! 哈,哈! ……

维洛妮克 (语气相同)榴弹发射器,真的!

阿　兰 对,榴弹发射器。

安妮特　你为什么不用法语说这个词①呢？

阿　兰　因为大家都这么说。没有人说法语。就像大家都不用法语说"十二发炮弹"，而是说英文一样。

安妮特　"大家"指的是谁呀？

阿　兰　安妮特，够啦。够啦！

安妮特　像我丈夫这样的大冒险家，很难对马路上发生的平凡事件提起兴趣，必须理解他们。

阿　兰　说得是。

维洛妮克　我不明白为什么。我看不出有什么理由。我们都是世界公民。但我不理解的是，为什么得放弃身边的土地。

米歇尔　噢，维洛！请放过我们，别再说这些不着边际的大话吧。

维洛妮克　我要把他给杀了。

---

① 榴弹发射器，法文为"lanceur de grenades"，但文中皆使用了该词的英文说法"grenade launcher"。

阿　兰　(手机刚刚振动了)……对,对,去掉"可悲的"……
　　　　改成"粗暴的"。这是一种粗暴的企图……就这
　　　　样……

维洛妮克　她说得对,这已经变得忍无可忍了!

阿　兰　……除此之外,其余的他都同意?……好的,好
　　　　的。非常好(挂断)……你们在说什么呢?……榴
　　　　弹发射器?……

维洛妮克　我在说,哪怕我丈夫不乐意听,我在说,要论表
　　　　现我们的警惕性,任何地方都一样,不存在一个地
　　　　方好过另一个地方。

阿　兰　警惕之心……是的……安妮特,你现在这种状态
　　　　还在喝,真荒唐……

安妮特　什么状态?就是要喝。

阿　兰　这个概念,有意思……(对着手机)……对,是的,
　　　　在公告发布之前不要接受任何采访……

维洛妮克　先生,我命令您停止这场不堪忍受的谈话!

阿　兰　……尤其不行……股东们不会在乎的……提醒他

股东们有着至高无上的权力……

[安妮特朝阿兰走过去,从他手中夺过手机并
且……在短暂地寻找了放手机的地方之后……把
手机丢到了郁金香花瓶里。

阿　兰　安妮特,你这是……!!!

安妮特　就这样。

维洛妮克　哈,哈! 好极啦!

米歇尔　(惊骇地)噢嗬,噢嗬!

阿　兰　你可是彻彻底底的疯啦! 妈的!!!

[他向花瓶扑过去,不过米歇尔抢在他之前把湿透
的手机取了出来。

米歇尔　吹风机! 吹风机在哪儿啊?! (他找到了吹风机,
立即接通电源,对着手机吹了起来)

阿　兰　应该把你关起来,可怜的东西! 简直让人目瞪口
　　　　呆! ……我一切的一切都存在里面哪! ……还是
　　　　一部新手机,我花了好几个钟头才把它给配置好!

米歇尔　(对安妮特。声音盖过骇人的吹风机噪音)说实
　　　　话,我理解不了您。您这个举动不负责任。

阿　兰　我的一切,我的整个生命……

安妮特　他的整个生命! ……

米歇尔　(噪音依旧不断)别着急,也许能把它重新恢
　　　　复……

阿　兰　不可能! 完蛋啦! ……

米歇尔　我们先把电池和芯片取出来。您能把手机打开
　　　　来吗?

阿　兰　(不抱信心地试着打开手机)我一窍不通,刚买来
　　　　不久……

米歇尔　看看吧。

阿　兰　完蛋啦……这会让他们看笑话,会让他们看笑话
　　　　的! ……

米歇尔　（毫不费力地打开手机）好啦。（把零件摆好之后再次接通吹风机）你呢，维洛妮克，你至少具有高雅的趣味，不会觉得这有什么好笑。

维洛妮克　（开怀大笑）我丈夫要把整个下午都花在吹东西上面啦！

安妮特　哈哈，哈哈！

　　　　〔安妮特毫不迟疑地再次给自己斟朗姆酒。

　　　　米歇尔对任何幽默都无动于衷，万分小心地使用着吹风机。

　　　　有一阵子，人们只听见吹风机的声音。

　　　　阿兰崩溃了。

阿　兰　朋友，别吹啦。算了吧。没有任何办法啦……

　　　　〔米歇尔终于把吹风机停了下来。

米歇尔 要等会儿……(一阵冷场之后)您想用电话吗？……

[阿兰做了个手势,表示不用且无所谓。

米歇尔 我要说……

安妮特 您想说什么,米歇尔？

米歇尔 不……我甚至都不知道要说些什么。

安妮特 我呢,我觉得大家还感觉不错。我认为大家感觉
都好多了(冷场)……大家都觉得心情平静了,不
是吗？……男人从来都是那么地离不开他们的那
些玩意儿……这也削弱了他们……破除了他们的
一切权威……一个男人,他的双手应该是自由自
在的……我觉得。哪怕是一只小小的手提箱,都
让我不舒服。有一天,有一个男人很讨我喜欢,后
来呢我看见他肩上斜挎着一只长方形的包包,男
人斜挎着一只包包,到最后,一切就完蛋啦。斜挎
包包,那可是再糟糕不过的啦。而随手可及的手

机,也是再糟糕不过的了。男人应该给人留下无牵无挂的印象……我觉得。我意思是说,男人要能够无牵无挂……我呢,我也有一种约翰·韦恩的男子汉观念。韦恩他又有什么呀? 一把左轮手枪而已。一个制造虚空的玩意儿。一个男人不给人留下独来独往的感觉便不实在……嗨,米歇尔,您高兴了吧。渐渐融化开了我们的那个小东西……您怎么说来着? ……我忘了那个词儿……不过,说到底……感觉几乎正常了……我觉得。

米歇尔　我还是要提醒您,朗姆酒是会让人傻掉的。

安妮特　我再正常不过啦。

米歇尔　那当然。

安妮特　我开始以一种愉悦的宁静心情来看待事物。

维洛妮克　哈哈! 这是再好不过的了! ……一种愉悦的宁静心情!

米歇尔　至于你呀,大吉岭,我不明白你这种公然表现得颓废又有什么用?

维洛妮克　闭嘴。

　　　　　[米歇尔去拿雪茄烟盒。

米歇尔　阿兰,挑一支。放松放松。

维洛妮克　家里不能抽雪茄。

米歇尔　好友牌或者 D4 牌……好友市长牌,好友议员
　　　　　牌①……

维洛妮克　孩子有哮喘病,家里不许抽烟!

安妮特　谁有哮喘病?

维洛妮克　我们的儿子。

米歇尔　可家里还养过他娘的仓鼠呢。

安妮特　确实,家里有人患哮喘的话,是不应该养宠物。

米歇尔　根本不应该!

安妮特　哪怕一条金鱼也不能养。

----

① 均为古巴雪茄烟的不同品牌。

88

维洛妮克 我不得不听这些屁话吗？（从米歇尔手中夺下雪茄烟盒并且猛然关上）很遗憾，我肯定是唯一一个没有以愉悦的宁静心情来看待事物的人！更何况，我从来不像现在这样不幸。我认为，今天是我这一生中最不幸的日子。

米歇尔 喝酒让你不幸。

维洛妮克 米歇尔，从你嘴里吐出来的每一个字都在把我摧毁。我平时不喝酒。我是在喝一滴你那屁朗姆，你介绍起来就好像是在给信众们展示圣体裹尸布一样。我不会喝酒，对此我不无痛苦地感到遗憾。要是我有一丁点伤心，就能在一只小酒杯里逃避的话，我会感到欣慰无比的。

阿　兰 是啊。

安妮特 对不起，嘟嘟。

［米歇尔对着手机零件重新用吹风机吹了一下。

维洛妮克　把这个吹风机给停下！他那东西完蛋啦。

米歇尔　（电话响起）是的！……妈，我跟你说过，我们正忙着呢……因为这个药会要了你的命！它是毒药！……有人会跟你解释的……（把电话听筒递给阿兰）……请您跟她说说。

阿　兰　跟她说什么呀？……

米歇尔　您对你们那个烂药所知道的一切。

阿　兰　……夫人您身体好吗？……

安妮特　他能够跟她说什么呀？他什么都不知道！

阿　兰　……是的……您身体不舒服吗？当然啦。不过，手术会救了您的……另一只脚也是，啊，是呀。不，不，我不是整形外科医生……（旁白）……她叫我医生……

安妮特　医生，真滑稽，把电话给挂了！

阿　兰　可是您……我想说，您没有任何平衡方面的问题吧？……不会的。完全不会。完全不会。不要听别人跟您说的。不过呢，假如您停服一段时间，也是好的。正好有时间……有时间让您安心地做手术……对,我们感觉得到,您身体健康着呢……

(米歇尔从他手里抢过话筒)

米歇尔 好啦,妈,你听懂了吧,你把这个药给停下来,你为什么老是要争论呢? 你就把药给停了,按照医生跟你说的去做,我再给你打电话……吻你,大家都吻你。(挂断)她让我累死了。生活真他妈的烦人!

安妮特 那好,最后怎么说呢? 今天晚上我还带斐迪南来吗? 要决定下来。大家好像都不在乎。不过,我提醒你们,咱们就是为了这件事来的。

维洛妮克 现在是我要吐了。水盆在哪里?

米歇尔 (从安妮特身边拿走朗姆酒瓶)够啦。

安妮特 我认为,两方面都有错。是的。双方都有错。

维洛妮克 您是认真的吧?

安妮特 什么?

维洛妮克 您考虑过您说的话吗?

91

安妮特 是的,我考虑过。

维洛妮克 我们的儿子布鲁诺,昨天晚上我还给他吃了两片扑热息痛药,他有错吗?!

安妮特 他不一定是无辜的。

维洛妮克 给我滚!我讨厌你们。(她抓过安妮特的包,把它扔向门口)滚蛋!

安妮特 我的包!……(像个小姑娘)阿兰!……

米歇尔 出什么事啦?她们疯啦。

安妮特 (把那些可能散落的东西捡起来)阿兰,救命啊!……

维洛妮克 阿兰救命啊!

安妮特 闭嘴!……她把我的粉盒给砸坏啦!还有我的香水!(对阿兰)保护我呀,你为什么不保护我?……

阿 兰 我们走吧。(准备收拾手机零件)

维洛妮克 我又没有要勒死她!

安妮特 我又怎么得罪您啦?!

维洛妮克　双方都没有错！不能把受害者与刽子手混为一谈！

安妮特　刽子手！

米歇尔　噢,维洛妮克,你真让人恶心！这种头脑简单的大话我们受够啦！

维洛妮克　可我举双手赞成。

米歇尔　好啊,好啊,你双手赞成,你就双手赞成吧,你迷恋苏丹黑鬼,眼下这对一切都产生着影响。

维洛妮克　真让我害怕呀。为什么你偏偏在这样一个可怕的日子里冒了出来?

米歇尔　因为我想冒出来啊。我就想在一个可怕的日子里冒出来。

维洛妮克　总有一天,你们会明白世界上这个地区目前正在发生的事情是多么严重,你们也将为你们的无所作为以及这种恶劣透顶的虚无主义感到羞耻。

米歇尔　亲爱的大吉岭,你可真了不起,你是我们当中最棒的!

维洛妮克　当然。当然喽。

安妮特　阿兰,咱们快走,这两个都中邪啦!（她把酒喝完,再去拿酒瓶）

阿　兰　（阻止她）……打住,安妮特。

安妮特　不行,我还要喝,我要喝个一醉方休,这个臭婆娘乱扔我的东西,可竟然没有一个人吭声,我要喝醉为止!

阿　兰　你已经醉得可以啦。

安妮特　你为什么任由别人把你儿子叫做刽子手?咱们上他们家来是为了解决问题,却遭到他们的谩骂和粗暴对待,还被强行上了好几堂世界公民课,我们的儿子打你们家儿子打得好,你们那些人权就给我擦屁股吧!

米歇尔　喝了几滴烧酒,嗨嗨,就把真实面目给暴露出来了。那个满脸温柔、又和蔼又稳重的女人哪儿去了呢……

维洛妮克　我跟你说过的!我早就跟你说过了!

阿　兰　你们说过什么啦？

维洛妮克　她装腔作势。这个女人,就是装腔作势。抱歉。

安妮特　(沮丧地)啊,啊,啊!……

阿　兰　你们是什么时候说这番话的?

维洛妮克　你们在浴室的时候。

阿　兰　你们认识她只有一刻钟的光景,就已经知道她装
　　　　腔作势啦。

维洛妮克　这一点我是立刻就能从别人身上感觉到的。

米歇尔　确实如此。

维洛妮克　对这种事情我有直觉。

阿　兰　装腔作势,这话怎么讲?

安妮特　我不要听!阿兰,你为什么强迫我来忍受这个!

阿　兰　嘟嘟,冷静点。

维洛妮克　她就是一个四处讨好的马屁精。不容置辩。不
　　　　管她怎样扭捏作态,她并不比你更关心这件事。

米歇尔　千真万确。

阿　兰　千真万确。

维洛妮克 千真万确！你们都说千真万确？

米歇尔 他们无所谓！很显然,他们从一开始就无所谓！你说得对,她也是一路货色！

阿　兰 你们难道不也一样吗？（对安妮特)我的小心肝,让他说去。米歇尔,请告诉我,您又是怎样关心的。首先,这个词是什么意思？当您在这个可怕的日子里冒出来的时候,您才更加可信。老实说吧,这里没有一个人关心这件事,除了维洛妮克。确实,必须承认,她身上具有这种特质。

维洛妮克 我什么也不要你们承认！什么也不要你们承认！

安妮特 可我是关心的。我是完完全全的关心着。

阿　兰 安妮特,咱们的关心方式是歇斯底里的,不像那些社会生活中的英雄（对着维洛妮克)。有一天,我在电视里看到了您的朋友简·方达,我差一点买下一张三 K 党招贴画……

维洛妮克 为什么把我的朋友扯进来？简·方达跟这件事有什么关系！……

阿　兰　因为你们是一路货。你们属于同一类女人，那种全身心投入、无所不能的女人，这种特质的女人并不招人喜爱。人们喜欢的女人特质，是她们的肉感、她们的疯狂、她们的激情，而那些炫耀聪明才智、充当世界守护神的女人反而招人嫌弃，甚至连他，这一位可怜的米歇尔，也嫌弃……

米歇尔　不要以我的名义说三道四！

维洛妮克　你们喜欢什么样的女人我才不在乎呢！哪来的这长篇大论？您的高见我彻彻底底地不在乎！

安妮特　她在嚎叫呢。简直就是十九世纪的鱼贩子①！

维洛妮克　她呢，她难道不嚎叫吗?！当她在说自己的小杂种打我家孩子打得好的时候，难道不是在嚎叫吗？

安妮特　对，他就是打得好！至少咱们家没有连屁都不会放一个的小娘炮！

---

① 在十九世纪，渔民们在海里捕完鱼回港之后，为及时卖掉渔获而在船上叫卖，嗓门很大。

维洛妮克　你们有个奸细,好到哪里去了?

安妮特　阿兰,咱们走人!还待在这个鬼地方干吗?(她装作要走的样子,然后又回头朝郁金香狠狠地抽打。花瓣纷纷脱落、四处飞舞、散落在地)看吧,看啊,这就是我对你们家这些讨厌的花、这些可恶的郁金香所采取的行动!……哈哈,哈哈,哈哈!……(她神经崩溃得哭出声来)……今天也是我一生中最糟糕的日子。

〔沉默。

长时间的惊骇。

米歇尔从地上捡起了什么。

米歇尔　(对安妮特)这是您的吧?……

安妮特　(她拿过镜盒,打开,取出眼镜)谢谢……

米歇尔　镜片没有摔坏吧?……

安妮特　没有……

[冷场。

米歇尔　　我呀,我说……

[阿兰着手把地上的花茎和花瓣捡起来。

米歇尔　　放着吧。

阿　兰　　不行……

[电话铃声响起。

一阵犹豫之后,维洛妮克拿起听筒。

维洛妮克　是的,我亲爱的……是嘛……不过你可以到阿
奈贝勒家里做功课呀?……没有,没有,小亲亲,
我们还没有找到它呢……对,我一直找到了公平
超市那里。不过,跟你说,格里约特非常机灵,我
的小亲亲,我觉得要对它有信心。你以为它待在

99

笼子里开心吗？……爸爸很伤心,他不想让你难过……是的,是的,你一定要跟他讲话。听着,我的小亲亲,我们已经因为你哥哥的事情够焦头烂额的啦……它会吃的……它会吃树叶……吃果实……吃印度栗子……它找得到的,它知道自己该吃些什么……虫子啦,蜗牛啦,垃圾箱里掉下来的东西啦,它跟我们人一样,也是杂食动物……我的宝贝,待会儿见。

[冷场。

米歇尔　兴许,这只畜生眼下正在大吃大喝呢。

维洛妮克　不可能。

[沉默。

米歇尔　谁知道呢?

图书在版编目(CIP)数据

杀戮之神/(法)雅丝米娜·雷札著;宫宝荣译.
—上海:上海译文出版社,2018.7
(雅丝米娜·雷札作品集)
ISBN 978-7-5327-7778-5

Ⅰ.①杀… Ⅱ.①雅…②宫… Ⅲ.①话剧剧本—法国—
现代 Ⅳ.①I565.35

中国版本图书馆 CIP 数据核字(2018)第 091514 号

Yasmina Reza
LE DIEU DU CARNAGE

图字:09-2018-058 号

杀戮之神	Yasmina Reza	出版统筹	赵武平
	[法]雅丝米娜·雷札 著	责任编辑	李月敏
Le Dieu du Carnage	宫宝荣 译	装帧设计	董茹嘉

上海译文出版社有限公司出版、发行
网址:www.yiwen.com.cn
200001 上海福建中路 193 号 www.ewen.co
苏州市越洋印刷有限公司印刷

开本 850×1168 1/32 印张 3.25 插页 5 字数 26,000
2018 年 7 月第 1 版 2018 年 7 月第 1 次印刷

ISBN 978-7-5327-7778-5/I·4766
定价:38.00 元